KB269810

당신에게 들려주고 싶은
사랑 이야기

당신에게 들려주고 싶은
사랑 이야기

사순절 묵상 시집

당신에게 들려주고 싶은 사랑 이야기

임지현 지음

좋은땅

프롤로그

몇 년 전 사순절을 앞두고 무엇을 할까 생각하다가 고난 찬양을 매일 한 곡씩 올리겠다고 생각했다. 사순절 40일은 본래 주일을 제외한 날짜이지만 주일도 포함해서 올리다 보니 46곡을 올리게 되었다. 그리고 그다음 사순절에는 무엇을 할까 고민했는데 그런 마음을 주셨다. 이번에는 너의 마음의 고백을 담아서 46편의 고난 시를 쓰라는 마음을 주셨다. 처음에는 막막했지만 다 못 써도 일단 시작해 보자는 마음으로 쓰게 되었는데 걷잡을 수 없이 써졌고 결국에는 다 쓸 수 있도록 하나님께서 도우셨다.

처음에 쓰기 전에는 고난 시를 쓰다 보면 많이 우울할 것이라고 생각했다. 하지만 쓰면 쓸수록 마음이 뜨거워지고 감격이 되고 나중에는 너무 기뻤다. 그래서 이것이 고난을 묵상하는 것이 맞나 싶었다. 나중에 깨달아진 것은 고난 끝에 예수님은 부활하셨고 승리하셨다. 그래서 고난을 묵상하면 부활의 소망이 함께 생겨난다. 그래서 기쁜 마음이 함께 들었다.

이제 이 시들을 쓰면서 받았던 마음을 많은 사람들과 함께 나누기를 원한다. 고난 중에도 장차 받을 영광을 바라보시며 우리를 바라보시고 사랑하신 예수님의 마음을 함께 나누며 부활과 다시 오시는 약속을 함께 묵상하기를 원한다.

　예수님이 창세 전에 보셨고 사랑하셨고 기뻐하신 많은 성도님
들에게 하나님께서 큰 은혜를 주시고 영원한 하나님 나라로 인도
해 주시기를 기도한다.

목차

프롤로그   4

1. 보혈   8
2. 어린 양을 외면하시고   10
3. 십자가의 고난 속에서 나를 보셨네   12
4. 십자가 앞에 엎드립니다   14
5. 이미 다 아시면서도   16
6. 내 손을 잡으라   18
7. 십자가에서 모든 것 주셨네   20
8. 구원의 은혜로 충분합니다   22
9. 예수님의 두 팔   24
10. 십자가 다리   26
11. 십자가 문틈   28
12. 보혈이 나를 찾아 흐르네   32
13. 버림 받으신 어린 양   34
14. 예수님의 마음으로 살게 하소서   36
15. 예수님 믿는 삶이란 것   38
16. 그 양을 사랑하시는 목자   40
17. 어찌 나를 사랑하십니까   42
18. 영원히 함께 하시려고   44
19. 하나님, 우리의 아버지가 되신다   46
20. 예수님의 발자국   48
21. 고난을 묵상한다   50
22. 죄인의 은혜   52

23. 다 담을 수 없는 그 사랑 54

24. 하나님의 시간 56

25. 하나님이 나를 기뻐하시면 60

26. 대제사장 예수님 62

27. 모릅니다 그저 누립니다 64

28. 우리 왕, 예수님의 승리 68

29. 나를 위하여 70

30. 죄인의 소리를 들으신다 72

31. 너를 기다린다 74

32. 적은 무리, 큰 나라 76

33. 나를 부르시고 온전히 이루신다 78

34. 오직 그 은혜라 80

35. 내가 너를 부른다 82

36. 매일 듣고 싶은 말 85

37. 고난의 묵상이 기쁨이 되는 순간 86

38. 본 적 없어도 온전히 믿는다 88

39. 의로움이 없는 나를 위해 90

40. 하나님의 구원하시는 열성 92

41. 아름답지 못한 내가 나아갑니다 94

42. 그 시작을 위한 십자가 98

43. 영원히 할렐루야 100

44. 오직 예수님이네 102

45. 다 아시면서도 104

46. 그 십자가에서 106

에필로그 108

1. 보혈

십자가에 묻은 보혈을
내가 바라봅니다

나를 위해 모든 것 주신
그 사랑이 담긴 보혈이

그 십자가에서 흘러
나를 적시어 살립니다

나를 위해 버림받으셔도
나를 용서해 달라 기도하시고

나를 위해 고통받으셔도
나를 원하셨던 예수님의 마음이

그 십자가에 담겨 있습니다
내가 사는 동안 그 사랑 묵상합니다

그 모진 고통에도 흔들리지 않고
조금도 약해지지 않은 사랑이 담긴

굳건한 십자가가 갈대 같은 나를
온전히 붙드시며 지키십니다

그 십자가에 사랑이 흐릅니다
그 십자가에서 생명을 주셨습니다

그 십자가에서 호소하시면서도
나를 붙드신 사랑이 내게 흐릅니다

2. 어린 양을 외면하시고

내게 쏟으셔야 할 진노를
예수님에게 쏟으신 하나님

내게 쏟으셔야 할 심판을
예수님에게 쏟으신 하나님

세상 모든 죄를 지고 가는
십자가를 지고 가는 어린 양

내가 감당할 수 없는 진노를
내게 쏟지 않으신 하나님

내가 감당할 수 없는 심판을
내게서 거두신 하나님 아버지

어린 양 예수님의 고통의 신음
모두 외면하신 하나님 아버지

어린 양 예수님의 고통하실 때
구름으로 덮으신 하나님이

하나님을 모르는 나를 보셨고
하나님께 돌아선 나를 안으셨네

십자가의 고통을 외면하신 그분이
죄의 편에 선 나를 불러 안으셨네

어린 양의 고통이 울려 퍼질 때
하나님이 내 이름을 부르신다

3. 십자가의 고난 속에서 나를 보셨네

예수님이 십자가에서
나를 바라보셨을 때

내게 아름다움 없었고
세상에서 아주 작은 나

예수님이 십자가에서
내 이름을 부르셨을 때

죄에 매여 있었으며
사망에 갇힌 모습이었네

예수님이 십자가에서
나를 위해 고통 받으실 때

내 눈이 어두워 보지 못하고
어둠의 권세에 속해 있었네

예수님이 그런 나를 위해
세상 모든 이의 정죄를 받고

예수님이 그런 나를 위해
십자가를 지고 그 길 가셨네

예수님이 그런 나를 위해
십자가에서 버림 받으셨네

그 눈에 아름다운 것 없으며
하나님 보시기에 선함 없으나

오직 불쌍히 여기신 그 사랑으로
큰 고난 속에서도 나를 바라보셨네

가장 귀한 것으로 가장 천한 나를
가장 아름다움으로 가장 추한 나를

값 주고 사신 나의 구원자 예수님이
내게 오셔서 너는 내 것이라 하셨네

십자가에서 나를 향하신 사랑을 인해
나의 예수님의 사람으로 살아간다

4. 십자가 앞에 엎드립니다

조용히 무거운 발걸음으로
십자가 앞에 나아갑니다

잊고 살다가도 생각이 나면
나의 모든 것들이 부끄럽고

나를 드러내고 싶은 욕망이
내 안에 가득함을 봅니다

나를 살리기 위해 예수님은
부끄러움을 개의치 않으셨고

아버지 앞에 복종하시려고
예수님은 쓴 잔을 받으셨습니다

많은 이들이 보는 가운데서
고통 중에 모두가 외면하는 속에

아버지의 뜻에 복종하신 예수님
고통 중에 잠잠하신 예수님을 봅니다

나의 무거운 발걸음으로 나아가
예수님 앞에 무너져 엎드립니다

오직 아버지께 묵묵히 순종하신
그 앞에 죄로 들뜬 내가 엎드립니다

5. 이미 다 아시면서도

이 세상에 오셨을 때
십자가의 고난 아셨어도

사람으로 오신 것은
나를 위한 사랑 때문이네

이 세상에 태어나실 때
구유에 누우실 것 아셨어도

여자의 몸에서 나신 것은
나를 구원하심을 위함이네

아무리 낮은 곳으로 오서도
아무리 큰 고난을 당하서도

나를 구원하시는 공의를 위해
모든 것을 이루신 나의 예수님

십자가의 고난을 이미 아셔도
나를 위해 사람으로 오신 사랑을

내가 받았고 그 은혜 속에 사네
낮추시는 그 사랑 앞에 엎드리네

6. 내 손을 잡으라

십자가에서 고통스러워도
이 못 자국 난 손이 너에게

얼마나 큰 위로가 되는지
이 손을 네게 내밀고 싶었다

십자가에서 내 몸 깨뜨릴 때
내가 죽음 가운데 간다 해도

그 속에 네가 있는 것이 보여
너를 살리려고 피하지 않았다

네가 쓰러지고 약해질 때마다
십자가의 길에서 나를 생각하고

너를 살리기 위해 포기하지 않은
나의 마음을 네가 알기를 원한다

내 목숨은 버려도 너는 버릴 수 없어
아버지께 버림 받음도 견디었다

내 못 자국 난 손과 발을 보아라
내 옆구리에 있는 창 자국을 보라

이 모습으로 너를 일으키기 위해
고난의 흔적을 그대로 가지고 있다

이 손을 잡고 힘을 내는 너를 본다
모든 것이 너를 위함이니 내 손을 잡으라

7. 십자가에서 모든 것 주셨네

그 십자가로
모든 것 내어 주셨네

그 십자가 지려고
그 보좌를 버리고 오셨고

그 십자가 지려고
사람이 되어 오셨네

그 십자가 위에서
나를 대신하여 받으신 형벌

그 십자가 위에서
나를 대신하여 버림 받았고

그 십자가 위에서
죄인이라 정죄를 받았네

그 십자가로 모든 것 주시고
그 십자가로 모든 것 대신 받았네

홀로 지고 가신 그 십자가에서
내게 이미 죽었다 선포하신 예수님

죄의 종인 나를 죽었다 하셨고
내 모든 죄를 기억하지 않으셨네

다시 사실 때 나도 살았다 하시며
이전 것은 지나갔으니 새 것이 되었다

그렇게 선포하시며 영원한 생명
죄인인 내게 주신 나의 구세주 예수님

그 모든 것을 그 십자가에서 주셨네
그 십자가를 인해 나는 모든 것을 받았네

8. 구원의 은혜로 충분합니다

내가 원하는 모습을
이루지 못한다 해도

세상이 부러워하는 것
내게 없다고 하여도

십자가를 지신 예수님
그 앞에 엎드릴 수 있다면

나를 위해 죽으신 사랑
그 앞에 눈물로 있는다면

나는 모든 것을 가졌고
그것만으로 충분합니다

바라던 것이 사라지고
하나님께 드릴 것 없어도

나를 구원하신 그 사랑으로
하나님께 전부를 받았습니다

예수님의 십자가를 묵상할 때
진실된 눈물을 드릴 수 있다면

그 은혜를 진실하게 사모한다면
모든 불평 불만이 사라집니다

나를 위해 십자가에서 돌아가신
그 은혜 앞에 나아가 예배합니다

예수님의 구원의 은혜를 묵상하니
감사로 채우신 마음이 영원하게 하소서

9. 예수님의 두 팔

십자가에서
두 팔 벌리신 예수님

모든 것을 내어 주어
아무것도 없는 듯 하지만

온 세상을 안으시는
예수님의 모습입니다

십자가에서 예수님은
아무것도 가진 것 없으나

구원 받은 모든 자녀를
그 품에 안으셨습니다

수고하고 무거운 짐 진 자
다 내게 오라고 벌리신 두 팔

죄 많은 너는 내게 오라고
내게 벌려 내미신 그 두 팔

내가 사랑하는 너는 오라
그렇게 내미신 따뜻한 두 팔이

아무것도 없는 것 같은 두 팔이
십자가에서 벌리신 그 두 팔이

죄의 길을 걷는 나를 향합니다
그 품에 안기려고 지금 달려 갑니다

10. 십자가 다리

십자가라는 말로
고난이라고 생각하지만

십자가는 하나님과 나
예수님과 나 성령님과 나

그렇게 이어 주는 통로
행복을 열어 주는 길이다

고난이 담겨 있는 십자가가
결국에는 나를 행복하게 했다

십자가로 깨뜨린 서로의 담
십자가로 서로가 서로를 사랑하고

영원한 나라 가는 순간까지
나를 지켜 주는 울타리가 되어 준다

고난 속에서도 하늘의 복이
내게 부어지는 것을 보게 되며

앞에 있는 영광을 바라보시며
십자가의 고난을 참으신 예수님

그 예수님께서 주신 십자가가
무거울지라도 그 영광을 바라보네

예수님의 고난이 있던 십자가에서
우리에게 오신 그 사랑이 보인다

예수님이 지신 십자가 다리
이 다리를 건너 하나님께 나아간다

11. 십자가 문틈

십자가를 보면
화려하지 않다

십자가를 보면
그저 초라한 나무

세상이 보기에도
흠모할만한 것 없다

그런데도 바라보면
뜨거운 눈물이 흐르고

모든 절망도 낙심도
눈 녹듯이 사라진다

그런데도 바라보면
가슴이 벅차오르고

내 생명보다 귀하여
사랑하는 마음 타오른다

십자가 너머에 있는
하나님의 영광이 보이고

십자가에 새겨진 사랑
나를 울리며 뜨겁게 한다

십자가는 작은 문틈 같다
그 문틈으로 보이는 영광은

보이는 사람에게만 보인다
하나님과 영원히 함께 사는 영광

하나님께서 오래전에 준비한
이기는 자에게 주시는 모든 것

초라해 보이는 십자가 너머에서
나를 기다리고 있음을 보네

허락하신 자에게만 보이는
십자가 문틈 뒤의 영광이어서

세상에는 밭에 감추인 보화
우리에게는 가까이 있는 영광

예수님의 십자가의 고난이
그의 죽음이 모든 것을 이루셨네
30

예수님의 고난을 마음에 새기고
함께 따르는 자에게 주시는 영광

예수님의 고난의 십자가를 본다
이 십자가 너머에 영광이 눈부시다

12. 보혈이 나를 찾아 흐르네

나의 왕 예수님이
나를 위해 죽으시고

나의 왕 예수님의
보혈이 흘러간다

죄에 매인 나를 찾아
보혈이 나를 덮는다

어둠에 갇혀 갈 수 없어
그 보혈이 나를 향해 온다

그 보혈이 나를 덮을 때
죄에 속한 내가 죽었네

그 보혈이 나를 찾을 때
나를 얽매고 있는 권세가

흔적도 없이 깨어지고
죄에 대해 죽은 나를 살리네

보혈이 흐를 때 나는 죽었고
보혈이 흐를 때 나는 살았네

새로운 피조물이라 하실 때
나는 의로움을 입고 살아나

진노를 받을 사람이었으나
기뻐하심을 입은 자로 살아

보혈의 은혜를 찬양하며
하나님 앞에 나아가네

온 세상에 흐르는 보혈이
나를 찾아 흐르니 존귀한 보혈이네

13. 버림 받으신 어린 양

재대신 화관을 주시려
가시 면류관을 쓰셨고

슬픔 대신 희락을 주시려고
겟세마네에서 통곡하셨고

근심 대신 찬송의 옷 주시려
십자가에서 헐벗으신 예수님

우리를 의롭게 하기 위하여
세상의 정죄를 받으신 예수님

하나님의 영광 나타낼 자로
우리를 부르시기 위하여

십자가에서 버림 받으셨네
구름으로 덮어 외면하셨네

그 십자가에서 버림 받으신
어린 양 예수님의 처절한 외침

엘리엘리 라마 사박다니
죄인들 속으로 울려 퍼진다

14. 예수님의 마음으로 살게 하소서

예수님이 십자가에서
보여 주고 싶으셨던 사랑

우리를 통해 전하실 때
십자가의 애통을 주소서

예수님이 십자가에서
생명 주시길 원하는 절박함

우리의 심장에 담으셔서
수많은 영혼을 살리게 하소서

세상의 핍박에 마음 무너져
우리가 포기하려는 그 때

십자가에서 용서의 마음을
깊이 새기며 기도하게 하소서

예수님의 용서의 기도를 인해
내가 살게 되었음을 생각하며

진실한 사랑이 담긴 기도로
세상을 품으며 기도하게 하소서

예수님의 십자가의 마음을
예수님의 십자가의 기도를

우리 깊은 곳에서 우러나는
간절함으로 새겨 주소서

예수님의 마음으로 살 때
예수님으로부터 시작된

모든 생명의 역사가 이어져
다시 오시는 때까지 이르게 하소서

15. 예수님 믿는 삶이란 것

예수님이 부자 되려고
이 땅에 오셨을까

예수님이 편하게 사는
그런 것을 원하셨을까

예수님이 왕처럼 살려고
사람들을 섬기셨을까

그런데 우리는 어째서
부자 되려고 예수님을 믿고

왕처럼 편하게 사는 삶을
바라면서 기도하는 것인가

세상 죄를 지고 가시는
예수님을 따라 좁은 길 가고

예수님이 고난을 받았기에
우리가 고난을 함께 받네

십자가를 지고 가신 예수님
그 길을 따라감에 고난이 있네

십자가에서 생명을 내어 주시니
우리 또한 생명을 드리는 삶을 사네

십자가 고난 중에 부르심 받아
함께 고난 받으며 살아가네

하나님 믿음에 고난은 당연하니
감당할 수 있게 기도하며 이 길 가리라

16. 그 양을 사랑하시는 목자

그 양을 사랑하시는 목자
그 양을 위해 생명을 주셨네

내 고집대로 내가 원하는
그런 길로 가는 양을 위해

거친 광야 같은 십자가의 길로
나의 목자 예수님이 가신다

양의 우는 소리를 들으신 목자
그 손과 발이 상하고 상해도

양을 위해 모든 고난을 받고
양을 위해 그 생명을 내어 주셨네

목자의 보혈이 흐르고 흐르네
양을 살리는 그 보혈을 주시네

길을 잃고 우는 양을 찾으시는
선하신 목자 아사셀이 되셨네

양을 살리시려고 그 제단에서
하나님께 생명을 드리신 목자

양을 사랑하셔서 생명을 주신
선한 목자가 길 잃은 나를 찾아오신다

17. 어찌 나를 사랑하십니까

하나님 어찌 나를
그리도 사랑하십니까

예수님의 고통도
외면하실 만큼 사랑하십니까

하나님 어찌 나를
그리도 소중히 여기십니까

그 아들의 죽음에도
나를 포기하지 않으신 하나님

죄로 얼룩진 나를 위해
하나님을 모르는 나를 위해

모든 것을 버리고 내어 주고
나를 품에 안으신 하나님

죄로 인해 아름답지 못한 내게
예수님의 의를 입혀 주시며

기쁨을 이기지 못하시며
나를 사랑하신 하나님 아버지

귀한 예수님을 내어 주고
얻은 나를 소중히 사랑합니까

그 아들을 벌하신 아버지
죄인인 나를 의롭다 하시고

의로우신 예수님을 정죄하신
하나님의 헤아릴 수 없는 사랑

그 안에서 영원한 나라를 봅니다
영원히 함께 하는 소망으로 삽니다

하나님 나를 어찌 그리 사랑하십니까
그 은혜 속에서 하나님 사랑 노래합니다

18. 영원히 함께 하시려고

우리와 영원히 함께 하려고
그 아들을 제물 삼으셨네

우리가 즐겁게 나오게 하려고
예수님의 몸을 찢으신 하나님

우리가 죄에 매이지 않게 하려
어린 양을 번제와 같이 하셨네

예수님의 고통에 아파하서도
우리의 고통을 벗겨 주셨고

예수님을 죽음에 이르게 하셔도
우리를 살리길 원하신 마음

예수님이 다 이루었다 하실 때
내게 자유 주신 하나님 아버지

순전함을 벌하시고 불의함을
우리에게서 벗기신 하나님이

그 보좌의 문을 여시고 부르신다
예수님의 의를 입고 달려 나간다

19. 하나님, 우리의 아버지가 되신다

우리를 구원하시는 것을
우리를 살리시는 것을

꼭 이루고 싶은 하나님
그것을 위해 쉬지 않으시네

하나님께서 우리를 살려
하나님의 가족으로 이루기를

너무도 원하셨던 소원이어서
이를 위하여 모든 것을 쏟으셨네

그 소망 가운데서 아들을 보내
죄의 모든 형벌을 받게 하시고

물과 피를 모두 쏟게 하시고
내 죄를 씻어 정결하게 하셨네

그 수를 헤아릴 수 없는 시간
그 정도를 알 수 없는 고통 속에

모든 것을 견디신 하나님께서
우리의 아버지가 되셨네

십자가의 해산의 고통으로 낳아
끝까지 사랑하시고 기뻐하셨네

그 모진 고통을 우리를 보시며
기억하지 않으시는 하나님이

우리를 불러 사랑해 주시며
우리의 아버지가 되어 주셨네

하나님 우리의 아바 아버지
우리의 사랑과 찬양을 받으소서

그 사랑을 받으며 영원히 살며
우리 아버지 집 식탁에 함께 앉습니다

20. 예수님의 발자국

십자가를 지고 가신
그 발자국을 따라 간다

예수님이 큰 고난을 받고
모든 형벌을 받으며 가신 길

죄의 대가를 받으며 가신 길
아무 죄 없는 예수님이 가셨네

그러나 그 길을 따라 걷는 나는
모든 것을 용서받은 발걸음

그 길을 따라 걷는 나에게
의롭다 하신 은혜를 내리시고

여전히 죄가 많은 나에게
너에게 정죄함이 없다고 하시네

먼저 가신 고난의 길에서
내가 겪는 고난은 지극히 작은 것

큰 고난의 길을 걸으시면서도
하나님 앞에 잠잠하신 예수님이나

나는 작은 고난의 길을 걸어도
하나님 앞에 수많은 말을 쏟는다

그럼에도 예수님의 의를 보고
나의 길을 인정해 주시는 하나님

예수님이 큰 고난을 겪으신
그 길을 따라 십자가를 지고 간다

예수님이 이루신 모든 의를
내가 입으며 가는 이 길을 간다

예수님이 남기신 발자국을 따라
하나님이 기다리시는 그곳으로 간다

21. 고난을 묵상한다

아무리 묵상을 하여도
덤덤해지지 않는다

아무리 생각한다 해도
눈물 없이 생각할 수 없다

늘 듣는 예수님의 고난이
늘 새롭게 다가와 자리한다

예수님이 나를 위해 받으신
고난은 세월이 흐를수록 깊게

그리고 더 아프게 다가온다
더욱 선명하게 새겨진다

나의 죄가 더 크게 보이고
내가 감당할 수 없음을 안다

더 처절한 아픔으로 감사로
아무 말 없는 애통으로 다가온다

나는 죄인이라는 고백이
내 마음을 더욱 크게 울린다

예수님의 고난을 묵상한다
마음의 아픔이 깊어져 간다

이 깊고 깊은 은혜 속에서
내게 주신 십자가를 사랑한다

22. 죄인의 은혜

나를 죄인이라 하실 때
나는 감격에 싸입니다

예수님이 오신 이유가
죄인인 나를 위함이어서

나를 죄인이라 하실 때
나는 눈물에 잠깁니다

예수님의 십자가가
죄인인 나를 위함이어서

죄인이기에 찾아오시고
죄인이기에 은혜를 받기에

나를 죄인이라 하심이
얼마나 따뜻한지 느낍니다

나를 보실 때 하나님의 심장
뜨겁게 타올라 불과 같고

나를 보실 때 하나님의 눈물
나를 향해 흘러 긍휼을 입어

죄인을 향하신 사랑 속에서
살려 달라는 애통을 들으십니다

죄인을 향한 은혜가 흐릅니다
선하지 못한 내게 입히신 선하심

하나님 죄인인 내가 여기 있습니다
십자가의 보혈로 나를 씻어 주소서

하나님 죄인인 내가 여기 있습니다
죄인을 부르시는 은혜를 부어 주소서

23. 다 담을 수 없는 그 사랑

아무리 노래하여도
다 담을 수 없는 그 고난

아무리 묵상한다 해도
그 무게를 알 수 없네

이 세상 모든 말로도
그 은혜를 표현할 수 없고

이 세상 모든 생각도
그 깊으심을 짐작조차 못하네

천국의 아름다움 속에도
죄악으로 가득한 나를 보시고

천사의 아름다운 찬양에도
죄로 더러운 나를 사랑하셨네

끔찍한 십자가의 고난이 있어도
나를 살리기 위해 오신 예수님

사람의 모든 아픔을 겪으시며
그 삶을 살아오신 예수님이

사람이 겪는 가장 큰 고통 속에
나를 살리시기 위한 고난을 받고

하나님의 진노를 온몸으로 받아
내가 받는 모든 벌을 받으셨네

그 고통 속에 나를 낳으신 예수님
새 생명 얻은 나를 크게 기뻐하시네

십자가의 그 고통을 기억하지 않고
나를 얻으신 행복에 잠기신 예수님

아무리 노래한다 해도 담을 수 없네
아무리 찬양해도 다 갚을 수 없네

예수님의 큰 사랑을 갚을 수 없어
받기만 하지만 그 기뻐하심이 영원하다

24. 하나님의 시간

나를 만나고 싶으셔서
하루가 천년과 같고

나를 만나고 싶으셔서
천년의 기다림이 하루 같네

나를 바라보신 시간들이
하나님께 그 시간들이

빨리 바라봐 주기 바라서
하루가 천년처럼 길었고

나와의 시간이 즐거워서
천년이 가는 줄 몰라 하루 같네

하나님을 모르는 나를 위해
그 아들을 보내신 하나님

차마 내게 진노할 수 없어
그 아들에게 진노하신 하나님

차마 나를 심판할 수 없어
그 아들을 정죄하신 하나님

차마 더러운 채로 둘 수 없어
그 아들의 보혈로 씻으시고

차마 나를 죽음에 둘 수 없어
그 아들을 살리신 하나님

그렇게 나를 기다리신 시간
그렇게 나를 기뻐하신 시간

하루의 시간이 천년처럼
길게 느껴질 만큼 나를 바라셨고

천년의 시간이 너무 즐거워
시간 가는 줄 몰라 하루 같았던

오직 나를 바라시며 지나온
그 시간들이 하나님 앞에 쌓인다

그렇게 영원하신 하나님 앞에
나의 유한한 시간이 쌓여 간다

그렇게 하나님의 시간 속에서
하나님을 알게 되어 살아간다
58

유한한 시간을 가진 내가 그렇게
하나님의 무한함을 나도 가진다

나를 향하셨던 하나님의 시간에
내가 삼켜져 영원히 함께 즐겁게 산다

25. 하나님이 나를 기뻐하시면

하나님이 나를 기뻐하시면
내게 있는 아픔의 시간이
아무것도 아닌 것이 되네

하나님이 나를 인정하시면
내게 있는 슬픔의 시간은
스쳐 지나가는 물 한 방울

나를 위해 아들을 내어 주신
하나님이 나를 예뻐하시면
큰 슬픔 속에도 감사하네

나를 위해 보좌를 버리신
예수님이 나를 귀하다 하면
내 어려움에도 이곳이 천국

십자가에서 예수님을 모르는
나를 위해 용서를 구하시며
그 모든 죄를 홀로 지셨네

십자가에서 죄에 매인 나를
불쌍히 여기며 풀어 주셔서
죄의 종이 되지 않게 하셨네

그런 나를 하나님이 사랑하고
그런 나를 예수님이 기뻐하니
세상 모든 아픔도 감사하네

나를 위해 아들을 주신 하나님
그 아들이 나를 사서 드리셨기에
아픈 현실에도 영원히 샬롬 샬롬 샬롬

26. 대제사장 예수님

예수님은 고통하심 끝에
나는 깊은 은혜에 이르고

예수님의 아파하심 끝에
나는 죄의 짐을 벗게 되고

예수님의 죽으심 끝에
나는 새 생명을 받아 살았네

예수님이 견디신 끝에
하나님을 아버지라 부르고

예수님의 부활하심 끝에
하나님을 향해 나아가네

십자가에서 자신을 드려
하나님과 나의 화평이 되셨네

하나님과 나의 화목함 위해
제물이 되신 대제사장 예수님

세상의 죄를 홀로 받으신 예수님
하나님과 함께 즐거워함 속에

예수님의 자신을 내어 주신 제사가
하나님 보좌 앞에 열납이 되었네

하나님 안에서 내가 살아가니
대제사장 예수님의 기도가 피어오른다

27. 모릅니다 그저 누립니다

아무리 생각해도
나를 택하신 이유를
모르겠습니다

아무리 묵상해도
하나님께 내세울 것
아무것도 없습니다

왜 나를 원하셨는지
그 앞에 아름다운 것
없다는 것 알아서

나를 택하신 그 마음
저는 알지 못합니다
알 수 없습니다

그래서 나는 그냥
나를 구원하신 예수님
사모하겠습니다

왜 나를 위하셨는지
왜 나를 원하셨는지
왜 나를 택하셨는지

나는 생각하지 않고
나를 위해 죽으셨고
낮아지심을 감사합니다

그저 나를 위하서서
원하시고 택하서서
행복하기에 그저 누립니다

평생을 예수님의 죽으심
살아나심과 다시 오심을
잊지 않고 묵상하면서

그 사랑 안에 살면서
나를 위하신 모든 것을
노래하며 전하기 원합니다

그 처절한 고통 속에도
나를 사랑하셨던 마음
그 마음을 지금도 받으니

나의 평생의 삶을 통해
그 귀한 사랑이 전해져서
생명이 살아나길 기도합니다

왜냐는 말이 아니라
사랑을 감사함으로
나아갑니다 꼭 안아 주세요

28. 우리 왕, 예수님의 승리

승리라고 하면
웅장하고 화려하지만

예수님의 승리는
승리처럼 보이지 않았다

이겼다고 한다면
모든 대적이 굴복하겠으나

예수님이 이긴 순간에
모든 이가 조롱하던 순간

삼일이라는 시간이
어둡고 긴 시간이었고

예수님을 따르는 자는
깊이 숨어 지내는 순간이나

이 세상에 단 하나뿐인
가장 영광스러운 승리의 주인

우리 예수님이 승리하셨다
그 십자가에서 왕이 이기셨네

모든 것을 잃은 것 같으나
모든 것을 얻은 승리이며

생명을 잃으신 것 같으나
영원한 생명을 모두에게 주시고

죽음에 갇힌 모습이지만
죽음의 권세를 처참히 깨뜨렸네

가장 초라한 모습이었으나
가장 완벽한 승리를 거두신 왕

다 이루었다 하시며 영혼 떠나실 때
예수님의 승리가 온 세상에 선포된다

29. 나를 위하여

이 세상에 계실 때
수많은 이가 따르기에

사람들이 원하는
화려한 왕이 될 수 있지만

지극히 작은 나를 위해
가장 낮은 모습으로 있었네

그 인기에 힘 입어서
모든 대적을 이길 수 있으나

나를 살리시려는 뜻을
단 한번도 잊은 적이 없네

세상의 모든 재물을 얻어
가장 화려할 수 있었으나

하나님을 떠난 나를 위해
머리 둘 곳조차 없었네

세상이 아무리 아름다워도

나를 가장 보배롭고 존귀하게 여기고

세상이 아무리 즐거움 있어도

나를 사랑하심을 가장 원하셨네

호산나 외치던 이들의 원함을

모두 외면하시고 십자가로 나아가

지극히 낮은 나를 살리려

지극히 높은 자신을 드리셨네

지극히 악한 나를 위하여

지극히 선한 자신을 내어 주고

지극히 작은 나를 위하여

지극히 크신 자신을 깨뜨리셨네

세상의 영광을 티끌처럼

여기신 만왕의 왕 예수님께서

티끌 같은 나를 위하여

예루살렘을 향하여 나아가신다

30. 죄인의 소리를 들으신다

예수님 나는 죄인입니다
나를 떠나소서 하는 때

예수님의 마음이 끓어올라
뜨거운 마음으로 안으시네

나의 모든 자랑이 부끄럽고
내게 길이 없다 부르짖을 때

십자가의 고난을 견디신
예수님이 긍휼을 베푸시네

죄인을 찾으러 오신 예수님
죄인의 소리를 들으시고

병든 자를 찾아 오신 예수님
나를 위해 채찍에 맞으셨고

길 잃은 양을 찾아 오신 예수님
자신의 생명을 내어 주셨네

죄인의 애통으로 예수님을 찾네
예수님을 갈급함으로 찾는 때

십자가에서 나를 위해 기도하시던
예수님께서 나를 찾아 안아 주시네

나는 죄인이라는 고백을 하면서
차오르는 눈물을 닦아 주시는 그 손

못 자국 난 손으로 닦아 주시는 예수님
나를 찾아 너는 내 것이라 하실 때

용서 받은 죄인의 뜨거운 눈물 속에
회복하시는 은혜를 인해 예배자로 자라 간다

31. 너를 기다린다

십자가에서 나는
나의 고통스러움보다

너를 내 것이라
할 수 있기를 기대했다

십자가에서 나는
수많은 사람들 중에서

나의 길을 가게 되는
네가 너무도 소중했다

잠시 있는 이 고난 후에
나를 기뻐하는 네가 보여서

잠시 있는 괴로움 후에
나를 사랑한다는 네가 보여서

그렇게 살아가는 네가
힘겨운 중에도 나를 기뻐하고

그렇게 외로운 네가
내가 너의 힘이 된다 하여서

이 십자가의 고난이
결코 헛된 것이 아님을 안다

너를 보았다 너를 알았다
이 십자가를 통해 만날 너를

내가 사랑한다 많이 고맙다
네가 있어서 모든 것을 가졌다

아주 자주 아주 많이 내게 말하라
나를 사랑한다고 나를 기뻐한다고

십자가가 고통스러워도 괜찮아
네가 있어서 십자가에서 소망한다

너와 함께 사랑을 나누며 행복함을
너는 내게로 오라 너를 기다림이 즐겁다

32. 적은 무리, 큰 나라

예수님의 고난은 컸고
그의 죽으심은 놀랍지만

이 세상 많은 사람 중에
그 은혜를 아는 이는 적고

예수님의 고난을 들은 이는
많은데도 받아들이는 이는 적네

많은 사람들의 귀에 들어가도
생명을 얻은 자는 지극히 적네

그럼에도 예수님은 구원 받은
이 작은 자들을 심히 기뻐하시고

그들을 인하여 십자가를 후회 않고
예수님만 바라는 자들을 사랑하시네

세상이 예수님의 십자가를 모르듯
그 믿는 자도 세상이 보기에 작으나

예수님께는 적은 우리를 크게 보며
적은 이들을 위해 모든 것 쏟으시네

우리가 겨자씨만큼 작아도 만족하고
하나님의 큰 나라를 함께 세워 가시네

예수님의 십자가를 아는 자가 적어도
예수님의 기쁨이 충만하여 사랑하니

하나님이 그 나라 주시기를 기뻐하신
우리에게 예수님이 큰 영광으로 다시 오신다

33. 나를 부르시고 온전히 이루신다

내가 나를 보아도
예수님께 진실하지 못하나

불의한 나를 기뻐하여
그 십자가에서 구원하시며

내가 나를 보아도
예수님 일하기에 모자라나

온전하지 못한 나를 위해
십자가의 모진 고난 당하셨네

이 세상에 의로운 자 없고
하나님을 찾는 자가 없음에도

예수님의 긍휼이 끓어올라
나를 위해 구원의 길을 가셨네

세상이 보기에 가치 없는 나를
그 분의 생명보다 사랑하셨고

나 혼자 아무것도 못함에도
나를 부르시려고 생명을 주셨네

예수님을 믿어도 정결하지 못한
나를 매일 씻어 주시며 사랑하시네

내 발을 씻겨 주실 때 기뻐하시며
내일 다시 더러워져도 사랑하시네

예수님의 사람으로 많이 부족해도
예수님이 온전하게 이루시려고

예수님의 생명으로 값을 주시고
예수님께 속한 나를 삼으셨네

그렇게 예수님의 사랑 받는 나를
하나님의 영광을 위해 사용하시네

나의 수많은 허물에도 나타나는
그 하나님의 영광이 눈부시다

34. 오직 그 은혜라

나의 모든 죄와 허물
모든 것을 아시는 예수님께서

내게 말씀하시기를
내가 너를 정죄하지 않노라

나의 모든 악함을 아시는
거룩하신 예수님께서

내게 선포하시기를
너의 죄를 기억하지 않노라

너는 나와 함께 죽었고
너는 나와 함께 살았으니

나의 의로움을 입혀 주며
나의 이김을 함께하노라

내가 너의 죄를 인해 죽고
내가 너의 의로움을 위해 살아

부활의 첫 열매가 된 내가
너를 살려 영원히 함께 살리라

예수님과 함께 한 것 없으나
선물로 주신 믿음을 인하여

모든 것을 함께 한 자로 여겨
예수님의 승리를 함께 누리네

내 모든 죄와 허물이 사라지고
예수님의 공로 가운데 들어가네

나의 나 된 것은 오직 그 은혜라
십자가에서 이루셨네 오직 그 은혜라

35. 내가 너를 부른다

너는 나를 노래하지만
나도 너에게 들려주고픈
사랑 노래가 정말 많아

십자가에서 흘린 피가
너를 다시 살렸고
너의 죄를 씻었다

십자가에서 많은 이들
나를 향해 악한 말을 해도
많은 이들이 비웃어도

이 시간이 지나고나면
나를 부르며 사랑스럽게
내 앞에서 노래하는 네가

많은 이야기를 들려주며
내 귀에 들어오는 목소리
너무 사랑스러울 것을 알아

나는 그 오랜 시간 기다려도
너무도 즐겁고 행복하다
너의 노래가 너무 사랑스럽다

그런 너에게 들려주고 싶은
사랑 노래가 정말 많아
영원히 멈추지 않는 사랑 노래

너와 내가 주고 받는 노래가
많은 이들에게 전해질 때
십자가와 보혈의 사랑이 담겨

많은 사람들이 돌아올 거야
나와 함께 사랑 노래 하자
십자가 보혈의 사랑이 흐른다

한 사람 한 사람을 이처럼
깊이 사랑함이 흘러가면서
생명이 살아나게 될 거야

고난을 묵상하는 끝에서
너에게 기쁨이 차오르는 것은
고난 끝에 내가 영광을 받았고

그것이 너에게 소망이 되니까
고난 후에 가득했던 기쁨이
너에게 전해지기 때문이야

너에게 들려주고 싶은 이야기
너에게서 듣고 싶은 이야기가
너무 많아서 그런 너를 부른다

36. 매일 듣고 싶은 말

나를 위해 십자가에서
고난을 받으시고 죽으심

이 모든 것을 매일 들어도
하루에도 몇 번씩 들어도

조금도 지루해지지 않네
들을수록 더 듣고 싶은 말

매일 들어도 은혜가 되고
매일 들어도 아픔이 된다

매일 들어도 새로운 말
매일 들어도 더 갈급하고

매일 들어도 눈물이 되고
매일 들어도 보배롭다

나를 더욱 깊은 은혜로
이끄는 이 말을 또 듣고 싶다

37. 고난의 묵상이 기쁨이 되는 순간

예수님의 고난을 묵상하면
처음에는 슬픔과 고통이나

묵상함의 끝에서는 감격하여
환희로 가득한 노래가 나온다

예수님의 죽으심과 보혈에
애통하는 마음으로 묵상하나

부활의 소망을 함께 주시기에
영생을 주시기에 감사함으로

그 앞에서 기쁨으로 노래하며
구원하신 은총을 찬양하네

할렐루야 내게 있는 어두움이
온전히 깨져 빛으로 나아가며

할렐루야 내게 있는 정죄가
온전히 사라져 영광으로 나가네

나를 위해 고난을 받으신 예수님
내게는 그 안에 참된 기쁨 주시고

나를 위해 정죄를 받으신 예수님
내게는 그 안에 참된 평안 주시네

나를 살리신 사랑 담긴 고난이어서
내 죄를 보며 애통해도 위로가 깃드니

예수님과 함께 고난의 길을 걸어도
차오르는 기쁨을 인해 찬양하며 간다

38. 본 적 없어도 온전히 믿는다

내 눈으로 본 적 없는
예수님의 고난이어도

내 눈으로 본 적 없는
예수님의 부활이어도

내 눈으로 본 적 없는
예수님의 못 자국이어도

눈으로 본 것보다 더욱
선명하게 보이는 은혜

여전히 그 십자가 보며
구원하신 은혜에 감격하네

하나님을 믿으며 산 시간
그 속에서 보이신 신실함이

하나님을 알며 산 시간에
내게 보이신 진실하심을 인해

눈으로 본 적 없는 그 때를
온전히 믿고 감사를 드리네

언젠가 만나는 날을 그린다
그 얼굴과 못 자국을 보며

나를 구원하신 그 은혜를
영원히 찬양하며 경배하리

예수님의 고난으로 주신
영원한 생명이 천국에 이른다

구원하신 신실하신 예수님이
그 보좌에서 영광 받으신다 할렐루야

39. 의로움이 없는 나를 위해

내게 의로움이 없어서
하나님 외에 살길 없고

내가 할 수 있는 것 없고
예수님 외에 소망 없네

나 혼자 감당할 수 없는
죄의 무게를 예수님이 지셨고

나 혼자 감당할 수 없는
절망을 십자가로 거두셨네

내가 구원받을 때 한 것 없고
오직 불쌍히 보시는 마음 인해

차마 나를 죽일 수 없어서
어린 양을 벌하신 하나님이

내 이름을 생명책에 간직하고
아버지가 되시어 나를 사랑하셨네

죄에 갇혀 하나님을 볼 수 없을 때
십자가로 내 죄를 모두 사하셨네

하나님을 알지 못하는 나를 위해
그 아들 예수님을 보내신 하나님이

끝없는 절망 속에 소망이 없던
나를 품에 안아 사랑스럽게 보시네

그 선하심과 인자하심이 영원하니
내 하나님 아버지 품이 영원한 내 집이라

40. 하나님의 구원하시는 열정

하나님의 모든 열정을
하나님의 모든 마음을

하나님의 모든 시간을
하나님의 모든 영원을

쏟으시며 구원하시며
하나님은 우리를 위하신다

나를 품으신 그 마음이
나를 부르시는 음성이

나를 구원하시는 뜨거움
나를 향해 질투하심이

죽음보다 강한 사랑이 되어
생명으로 생명을 사셨네

보배롭게 여기심을 인해
아들을 망설임 없이 주시고

그 아들의 생명으로 살리신
죄인을 사랑하며 품으셨네

아무리 감사하고 찬양해도
조금도 그 크심에 이르지 못해도

가장 큰 기쁨으로 나를 사랑하니
십자가의 아들을 외면하신 사랑이

나를 향해 흐르며 나를 부른다
하나님의 큰 감격 속에 그 은혜 영원하다

41. 아름답지 못한 내가 나아갑니다

하나님 나 같은 것을
품으시려고 그 긴 시간을

그렇게도 마음 졸이며
마냥 기다리셨습니까

그렇게 긴 기다림 끝에
품으신 나는 너무도 작고

아름답지 않은 그런 나인데
대단할 것 없는 그런 나인데

나 같은 것을 얻으시려고
그 아들을 내어 주셨습니까

흠도 점도 없이 아름다우신
그 아들을 고난 받게 내어 주고

흠과 점으로 얼룩진 나를
살리시고 그렇게 기뻐하십니까

나에게 어떤 선함이 있기에
나를 위해 보혈을 흘리게 하며

나에게 어떤 아름다움 있어
아들을 구름으로 외면하십니까

아무리 하나님 믿으며 살아도
여전히 죄인인 나를 사랑하십니까

그 십자가에서 처절한 모습에도
고난에서 건지지 않고 죽게 하시더니

나 같이 악한 자를 위하여서는
졸지도 주무시지도 않고 지키십니까

하나님의 깊은 사랑을 받습니다
언제나 악하고 아름답지 못한 내가

세상이 보기에 가치도 없는 내가
헤아릴 수 없는 깊은 마음 받습니다

가장 존귀한 예수님을 망설임없이
나를 위해 내어주신 그 사랑 속에

나를 보배롭게 여기시는 하나님께
아름답지 못한 내가 친밀하게 나아갑니다

나를 보배롭게 여기시는 하나님께
아름답지 못한 내가 친밀하게 나아갑니다

42. 그 시작을 위한 십자가

십자가에서 돌아가신
예수님이 내 평생에
노래가 됩니다

그 무덤에 계셨던
예수님이 내 평생에
고백이 됩니다

다시 오신다 약속하신
예수님이 내 평생에
소망이 됩니다

모든 것을 포기하는
마음이 들다가도
십자가를 보며 일어나고

믿음이 약해지는 때도
다시 사신 예수님 인해
다시 도우심을 구합니다

길이 보이지 않는 때도
나시 오신다는 예수님의
그 약속에 소망을 둡니다

이런 나를 위해 예수님은
모든 것을 내어 주셨는데
나는 그 사랑을 작게 여겼고

전능하시다 고백하면서도
정작 나의 작은 어려움에
한 없이 작아지고는 했습니다

그러나 그 십자가에서
나를 위해 기도하신 예수님이
주저 앉는 것 허락하지 않고

나를 위해 흘린 보혈을
내게서 거두지 않으시고
끝까지 지켜 주시는 예수님

그 시작을 위해 십자가에서
그 생명을 내어 주신 예수님
영원히 나와 함께하십니다

43. 영원히 할렐루야

할렐루야 그 문에 들어가네
십자가에서 찢으신 휘장

할렐루야 그 앞에 나아가네
십자가에서 흘리신 보혈

할렐루야 그 앞에서 기뻐 뛰네
십자가로 허무신 그 담

하나님께 뛰어 나아갈 때
나를 막는 것 아무것도 없네

하나님을 소리 높여 부를 때
나를 두렵게 하는 것 없네

즐거이 뛰며 춤추며 찬양하네
우리를 위해 아들을 주신 하나님

기뻐 뛰며 소리 높여 찬양하네
우리를 위해 제물이 되신 어린양

두 손 들고 큰 함성으로 찬양하네
휘장을 찢어 그 길을 주셨네

오직 예수님의 은혜를 입었네
그 앞에 즐거움으로 들어가네

지성소에 들어가 우리 하나님
우리 예수님 우리 성령 하나님

그 앞에서 하나님의 기뻐하심
그로 인해 전심으로 예배하네

그 보좌 앞에서 영원히 예배하리
우리 왕 우리 구세주 할렐루야

44. 오직 예수님이네

다른 길은 없네
다른 방법 없네

우리 예수님 외에
구원 받는 길 없네

우리 예수님 외에
용서 받는 길 없네

나를 위해 십자가에서
그 생명을 내어 주셨네

나를 위해 십자가에서
하나님의 진노 받으셨네

다른 길이 다른 방법 없어
예수님이 십자가 지셨네

다른 길 없네 영생을 받음이
다른 방법 없네 천국에 감이

오직 내 죄를 담당하신 이는
오직 우리 어린 양 주 예수

다른 길 없네 다른 방법 없네
주 예수 그리스도 오직 예수님이네

45. 다 아시면서도

내 약함이 아무 문제 없네
모두 아시면서도 부르셨네

내 무지함 아무 문제 없네
다 아시면서도 십자가 지셨네

나의 모습을 다 아시면서도
나를 기뻐하며 사랑하셨고

나의 죄의 모습 보시면서도
나를 위해 돌아가신 예수님

나의 악함을 아시면서도
하나님께 용서를 구하셨네

내 삶은 십자가에서 시작하고
내 마지막도 십자가로 마치네

예수님의 모든 것을 받아 살고
예수님의 공로로 의를 입히셨네

내가 선해서 주신 은혜 아니네
세상에서 지극히 작은 나를

오직 하나님이 불쌍히 여겨서
죄인을 보실 때 나를 안으셨네

다 아시면서도 사랑하셨고
다 아시면서도 죽으셨고

다 아시면서도 다시 사셔서
다 아시면서도 다시 오시네

나를 사랑하심이 오직 하나님
하나님의 마음을 따름이네

그 십자가에서 부르신 죄인이
여전히 죄인이어도 그 사랑 더욱 뜨겁다

46. 그 십자가에서

나를 위해 십자가에서
구름으로 덮어 외면하실 때

엘리엘리 라마 사박다니
처절한 외침이 울려퍼지고

십자가 아래서 떠드나
그들을 용서하기를 구할 때

예수님을 못 박은 나를
용서하시고 구원하셨네

나를 기억해 달라는 말에
낙원을 약속하신 구원자

너의 어머니라고 하시며
그 제자에게 부탁하시고

물과 피를 모두 쏟으시어
내가 목마르다 하시는 처절함

하나님께서 명하신 모든 것을
순종함으로 이루신 예수님이

하나님께 영혼을 부탁하셨네
온전히 아버지께 순종하신 아들

그 영혼 떠나실 때 다 이루었다
그 구원을 모두 이루신 어린 양

우리에게 참된 자유를 선포하고
그 휘장을 찢어 보좌를 열어 주셨네

온전히 이기셨네 물과 피를 쏟아
우리를 위한 형벌을 받으신 어린 양

그 십자가에서 모든 것을 이룰 때
그 하신 말씀이 내게서 떠나지 않네

나의 모든 날 동안 잊지 않게 하소서
십자가에서 그 마음 잊지 않게 하소서

나를 위한 사랑이 새겨진 그 십자가
예수님 감사합니다 사랑합니다

에필로그

예수님이 이 땅에 오시고 짧은 삶을 사시고 그 끝은 십자가에서 돌아가신 모든 것을 예수님을 믿는 순간부터 묵상하며 감사하며 살아가는 것이 성도의 삶이다.

때로는 힘든 삶의 시간에서 잊기도 하고 들어도 그런가 보다 하며 지나는 시간도 있지만 그럼에도 나를 사랑하시는 예수님을 묵상한다.

우리가 고난의 절기를 정하는 것을 보고 성경에서 하라고 한 것도 아니고 고난은 항상 잊지 말아야 한다고 한다. 물론 이것도 맞는 말이지만 냉정하게 생각해 보면 그냥 스쳐 지나가는 바람처럼 십자가를 생각하는 것이 우리의 삶의 모습이다.

언제나 가셨던 겟세마네 동산이었고 언제나 기도하셨던 같은 곳이지만 더욱 간절하게 모든 것을 쏟으며 통곡으로 마지막을 준비하신 예수님을 생각하면서 사순절이라는 시간을 보내는 것은 의미 있는 일이다.

구약의 모든 절기는, 사람이 뜻을 모아 만든 부림절과 수전절을 포함해서 하나님이 하신 일을 잊지 않기 위해 만든 것이다. 출애

굽에서 구원하시고 큰 환란에서 건지심을 잊지 않기 위해서 지키
는 것이다.

사순절도 그렇다. 사람이 만든 것이라고 할지라도 아주 잠시라
도 우리를 위해 돌아가신 예수님을 깊이 묵상하며 감사하는 시간
은 귀한 것이다. 결코 내가 의로워지기 위함도 아니고 수련을 통
해 나아짐도 아니다. 그저 나를 사랑하신 예수님의 마음을 내 마
음에 깊이 새기고 감사하는 마음을 가지는 것이다.

부활 후에도 손과 발의 못 자국과 옆구리의 창 자국은 여전하
다. 우리를 사랑하신 흔적을 그대로 가지고 부활하신 예수님, 그
십자가의 고난에도 나를 놓지 않으신 예수님을 깊이 묵상할 때 부
활의 소망이 더욱 깊어지기를 바란다.

당신에게 들려주고 싶은
사랑 이야기

ⓒ 임지현, 2025

초판 1쇄 발행 2026년 1월 5일

지은이   임지현
펴낸이   이기봉
편집   좋은땅 편집팀
펴낸곳   도서출판 좋은땅
주소   서울특별시 마포구 양화로12길 26 지월드빌딩 (서교동 395-7)
전화   02)374-8616~7
팩스   02)374-8614
이메일   gworldbook@naver.com
홈페이지   www.g-world.co.kr

ISBN   979-11-388-5061-2 (03810)